冰波
心靈成長童話集 1

山大王和小鳥

冰波 著

新雅文化事業有限公司
www.sunya.com.hk

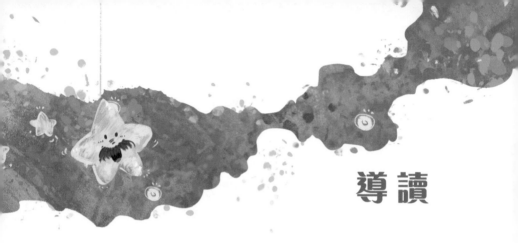

導讀

學習與人交往，珍惜友誼

　　與人交往、建立友誼，是我們從小到大都要學習的課題。朋友陪伴我們經歷生命中的甜酸苦辣，在快樂時替你開心，在難過時給你安慰，是我們成長路上不可缺少的角色。可是，並不是每個人都懂得交朋友。

　　在《泡泡糖龍》裏面，泡泡糖龍用神奇的大泡泡去捉弄別人，使大家都很生氣，泡泡糖龍也為此感到難過。捉弄別人並不是正確的交朋友方法。那麼，我們應該怎樣交朋友呢？

　　《山大王和小小鳥》裏面，山大王主動走出第一步，邀請小小鳥和小小魚在温暖的房子裏一起過多，互相陪伴，這樣就不怕孤獨和寒冷了。勇敢踏出第一步，打破隔閡，學會與人分享，自然能發現友誼的美好。

《最冷的冬天》、《亮眼龍》、《大腳鴨救小雞》、《螢火蟲和小麻雀》這幾個故事都可看到，朋友有困難或需要幫助的時候，我們可以主動伸出友誼之手，不計較，用自己的能力去幫助別人，關心朋友，友誼的橋樑就這樣建立起來了。

　　《硬嘴鸚鵡龍》裏，鸚鵡龍為了幫小動物而忙了一天，又累又餓。這時，朋友們為他送上一個超級大的蛋糕，讓他十分驚喜！所以說，你對人的真心，別人是感受得到的。

　　友誼的力量是很奇妙的。在《給大河馬治病》裏，生病的大河馬是怎樣康復過來的？除了有好朋友小松鼠們的細心照料，還有一種治病靈藥——「友情」藥丸。你也想得到它嗎？

　　祝願大家在成長路上能結識不同的朋友，收穫滿滿的友誼，並能與朋友並肩同行，為成長加添力量，邁向美好的未來。

目 錄

給大河馬治病

　　三隻小松鼠到森林商店去，他們要為感冒的大河馬買一個口罩。

　　可是，營業員們一聽是給河馬戴的口罩，都搖頭：「我們店裏可沒有這麼大的口罩。」有個營業員說：「如果定製的話倒是可以，但是需要半年時間，因為口罩太大了。」

　　後來，三隻小松鼠想到了一個辦法，他們買了一張吊牀。把這張吊牀戴

在大河馬的嘴巴上，正好成了口罩。

　　「你們真聰明，這下，你們就不會被噴到天上去了。」大河馬笑嘻嘻地說，「我可以幫你們去造新房子了。」

　　「不行不行！你的燒還沒退呀！」小紅看着體溫計說。

「你還是好好養病吧，其他的事包在我們身上。」小松鼠們說。

小松鼠們照顧着大河馬，可是大河馬的病越來越重了，頭疼得厲害。

「我們去高山上採藥，給大河馬治病！」小松鼠們背起小竹筐上山了。

最寶貴的草藥，總是長在最危險的地方。小松鼠們來到了懸崖邊，小紅綁着繩子下了懸崖。

「哈，採到了，採到了，這可是珍貴的七葉一枝花呀！」小紅終於採到了草藥，開心極

了。有了七葉一枝花，大河馬的感冒一定會治好的。

小松鼠們急急忙忙地趕回去，把七葉一枝花熬成了湯藥。「快喝吧，喝了你的病就會好的……」

大河馬咕嘟、咕嘟地一口氣就把藥給喝了。喝完藥，大河馬呼呼地睡着了。

小松鼠們一直守在大河馬的身邊。他們實在是太累了。他們趴在大河馬的身邊，也睡着了。

第二天早上，大河馬的病好啦！他高興地蹦下了牀。「我夢見醫

生了，他給我吃了一顆叫『友情』的藥丸，可好吃了。」大河馬說。

　　大家快樂極了，小松鼠們圍着大河馬跳起舞來。

硬嘴鸚鵡龍

天氣漸漸冷起來了，樹葉掉在地上，金黃金黃的。冬天快來了。

「咕嚕嚕⋯⋯」鸚鵡龍聽到自己肚子正叫得厲害，怎麼都控制不住。「我是餓了吧，得去找點吃的。再說，要過冬了，我也得準備些吃的啊。」

他出了家門，就朝後面的小山走。樹上，只剩了幾片枯黃的葉子。鸚鵡龍想：我只吃樹枝好了，那裏面有好多甜

甜的水呢！「咔嚓，咔嚓……」他起勁地咬着。一會兒，被咬斷的樹枝，就已堆得很高了。

「鸚鵡龍，你在幹什麼？準備冬天的柴火嗎？」小猴問。

「我在準備冬天吃的東西。」鸚鵡龍說。

冬天，好吃的草沒有了，鸚鵡龍就吃乾樹枝。

小貓吃了一驚：「什麼，這麼硬的樹枝你也能吃？」

鸚鵡龍笑笑，說：「那當然，我的嘴硬嘛。我吃給你看啊！」他拿起一根樹枝咬着，好像吃甘蔗似的。

小猴說：「鸚鵡龍的嘴這麼硬，你看……就叫他幫幫忙吧。」

小貓搖搖頭：「不行，不行，那多不好意思啊！」

鸚鵡龍問：「你們在說什麼？有什麼要幫忙的，別客氣！」

小猴捧來了一大堆椰子：「鸚鵡龍，請幫我打開吧。」

鸚鵡龍說：「好，看我的！」他用硬嘴一咬，就把椰子咬了一個洞。

「咔嚓，咔嚓……」不一會兒，鸚鵡龍就把一大堆椰子咬開了。

咬開的椰子流出汁來，很甜很甜。小猴子把甜甜的椰汁倒進一隻大桶裏，說：「鸚鵡龍，你也喝點吧！」

鸚鵡龍說：「我是給朋友幫忙，怎麼能隨便吃朋友的東西呢！」

忙完了，鸚鵡龍剛想繼續準備樹枝，小貓來了，「請把我的核桃咬開吧。」

鸚鵡龍說：「好吧。」

這時候，小兔、松鼠、袋鼠……還有好多好多的動物都來了。他們拿着各種各樣的堅果，請鸚鵡龍來咬開。

咬呀，咬呀……鸚鵡龍很累很累，

但是他還在不停地勞動着。終於，大家都拿着去了殼的堅果滿意地走了。

鸚鵡龍回到家，又吃起了硬樹枝。現在，他覺得硬樹枝不像原來那麼好吃了。

他有點難過地想：那麼好吃的堅果，我一點也沒有嘗到⋯⋯松子是什麼味道呢？榛子是什麼味道呢⋯⋯哪怕牙齒縫裏留下一點點也好啊！

可惜，什麼都沒有！鸚鵡龍只好又咬起了硬樹枝。

「咚咚咚⋯⋯」誰在敲門啊？原來是小猴、小兔、松鼠、袋鼠他們來了。

小猴說：「鸚鵡龍，我們

15

給你送椰汁蛋糕來了。」這是一個很大的
蛋糕啊，上面有鸚鵡龍咬開的各種果仁。

　　鸚鵡龍一邊吃，一邊高興地說：
「太好吃啦，太好吃啦！」

　　小猴說：「我們還有禮物送給你。」
門口，有一個像山那樣大的蛋糕！

　　「今年冬天，我不用老是吃樹枝
啦！」這是一個多好的冬天啊！鸚鵡龍
現在很想冬天早一點到來。

最冷的冬天

　　冬天到了，森林裏到處飄着雪花。猴媽媽抱着猴寶寶，躲在樹洞裏。他們都凍得發抖：「今年的冬天太冷了⋯⋯」

　　小獅子走累了，就蹲在對面的一個樹洞裏休息，他看着猴子一家。「我一點也不冷，因為我有長頭髮。」小獅子自豪地說。

　　突然，樹下傳來了喇叭聲，是森林廣播員小刺蝟在說話。

「不好啦！小兔凍僵了！誰來救救她！」小刺蝟着急地喊。動物們都朝小兔家跑去，小獅子也跟着去了。

　　兔媽媽哭着說：「小兔到外面去撿柴，回來的時候就凍僵了⋯⋯」

　　這時，小獅子發現，小兔沒有穿大

衣。好多小動物都沒有大衣穿，而自己……

大夥兒幫兔媽媽生起火，屋子裏暖和了起來，小兔蘇醒了。小獅子卻急急忙忙地朝鼴鼠奶奶家跑去。

「鼴鼠奶奶，快開門！」鼴鼠奶奶手裏抱着熱水袋來開門：「孩子，外面冷，快進來吧！」

小獅子一跑進屋子，就拿起剪刀咔嚓咔嚓地剪起頭髮來。

「孩子，你這是幹什麼？」鼴鼠奶奶吃驚極了。

「鼴鼠奶奶，大家都凍壞了，我要用我的頭髮來救大家！」小獅子邊剪邊說。

「可我還是不明白，怎麼救呢？」鼴鼠奶奶問。

「您就把我的頭髮紡成線，再給大家做大衣吧⋯⋯」小獅子把一大堆金色的頭髮，推到了鼴鼠奶奶的面前。

鼴鼠奶奶立刻搬來了紡機，吱咕吱

咕地紡起線來。

小獅子的頭髮一下子被剪得很短很短。他感覺好冷呀，凍得直哆嗦：「哎喲，好冷啊……」小獅子只好靠在了火爐邊。

過了一會兒，小獅子的頭髮又長出來了，身上也慢慢地暖和了起來。「哈，現在又可以剪了。」小獅子趕緊又拿起剪刀，咔嚓咔嚓地剪了起來。

「咔嚓，咔嚓！」小獅子不停地拿着剪刀剪着。他的頭髮剪了又長，長了又剪。地上的頭髮越堆越高了。

但是，一件意想不到的事發生了——小獅子變得越來越瘦了，個子也越來越小了。

「小獅子，你不能再剪了！」鼴鼠奶奶心疼地説。她流着淚，不停地紡着線。

「你越來越瘦，越來越小，就會失去獅子的威風了。」

「沒關係，」小獅子説，「現在最要緊的事是不能讓大家凍傷。」

鼴鼠奶奶用紡好的線織了很多很多的布。這些金色的布，非常好看，就像温暖的陽光。

「多美的布呀！」鼴鼠奶奶説，「這是我見過的最暖和的布。」

鼴鼠奶奶把這些布縫成了一件又一件的大衣。

「讓我去送大衣吧，鼴鼠奶奶。」

小獅子說。

「可是，你那麼累……」鼴鼠奶奶摸摸變得瘦瘦的小獅子。

「沒關係，我能行。」小獅子背起了嶄新的大衣，一轉身衝進了雪地裏，挨家挨戶給大家送去。

小兔穿上了新大衣，快活地說：「真暖和！真暖和！」

猴媽媽和猴寶寶穿上了新大衣：「多好的新大衣呀，就像是太陽那麼溫暖。」

所有的動物都穿上了小獅子送去的新大衣。大家好高興呀！

雪地上那一串串的，都是小獅子的腳印。

「哈，現在，所有的人都有大衣穿了。」小獅子終於送完了最後一件大衣。小獅子深一腳、淺一腳地在路上走，他覺得累極了……

小獅子躺在鼴鼠奶奶的家裏。他病倒了，發起了高燒。

第二天，小獅子醒來的時候，發現屋子裏很暖和。

啊！怎麼屋子裏有這麼多的朋友？原來，大家都來看望小獅子了。

「小獅子，你醒了！」

「小獅子，謝謝你送給我們的大衣！」

「小獅子，你真好！」

滿屋子的動物們圍着小獅子，現在，大家一點也沒有寒冷的感覺了。

亮眼龍

　　有一天，小刺蝟正在外面散步，走
啊走啊，來到了南瓜村的天梯旁邊。

　　這時，小刺蝟看到天梯上正好有一
隻龍正在往下爬。

　　這是隻什麼龍呢？看起來好像沒有
什麼特別，除了眼睛特別大。

　　那隻大眼睛的龍慢慢地往下爬着。
忽然，他掉了下來。「砰！」龍的屁股
重重地摔在地上，連地都震了一下。

小刺蝟想：咦，這龍真奇怪，好好地往下爬，怎麼就掉下來了？

只見那隻大眼睛龍慢慢地爬起來，手裏還拿着一根細細長長的探路棒。然後，龍用那根棒東點一下，西點一下，摸索着往前走。走着走着，他在樹幹上碰了一下：「哎喲！」走着走着，他又在樹根上絆了一下：「哎喲！」

小刺蝟就更奇怪了，趕緊跑上去問：「喂，你是什麼龍呀，怎麼走路都走不好呢？」

那龍兩隻手向前摸着說：「是誰在跟我說話呀？我叫亮眼龍，我的眼睛看不見……」

小刺蝟說：「看不見還叫亮眼龍？

你應該去醫院治呀。」

亮眼龍說：「天上治不好我的病，我想下來治。可是，我又沒有錢……」

小刺蝟說：「唉，看你這個樣子，還是先到我家去吧。」

小刺蝟把亮眼龍扶進了自己的草屋。他想：我很想幫助亮眼龍，可是，我自己也沒有錢，怎麼幫他呢？

到了晚上，亮眼龍的眼睛發出了亮光，那光越來越亮，還是五顏六色的光。小刺蝟不覺叫出聲來：「天哪，真好看哪！」

亮眼龍說：「唉，就是因為我的眼睛會發光，我才看不見。如果我的眼睛不會發光了，我就能看見東西了。要讓我的眼睛不發光，需要用一種很貴很貴的藥……」

亮眼龍說話的時候，看起來很難過。

小刺蝟躺在牀上想：我一定要想辦

法賺很多的錢，來為亮眼龍治病！

　　第二天早上，小刺蝟對亮眼龍說：「你在家裏待着，別亂跑，等我回來。」然後，小刺蝟就出門去了。

　　亮眼龍在家裏等了一天，一直到晚上，小刺蝟才回來。

　　小刺蝟讓亮眼龍坐在屋子的中央，然後說：「你坐着別動。」

　　亮眼龍說：「好的。」然後，他就乖乖地坐着，一動也不動。

　　亮眼龍的眼睛看不見，但是，他的耳朵是很靈的。他聽見好像有很多的腳步都在圍着他。他還聽見小刺蝟在小聲地跟別人說話：「噓，大家輕一點，排好隊……」

　　亮眼龍聽見有的動物在說：「他的眼睛真亮啊。」還有的說：「是啊，太美了，來這一趟真值。」

　　亮眼龍再也忍不住了，就問：「你們是誰呀？在幹什麼？」

　　那些聲音就回答他：「我們是看了

報紙上的廣告來的，就是來參觀你的眼睛的呀。」「是啊，我們都買了門票的。」

這時候，亮眼龍就聽見小刺蝟在門口收錢，還不斷地說：「謝謝，謝謝。」

亮眼龍心裏一陣難過，他想：原來，我的朋友在利用我的眼睛賺錢哪⋯⋯

一直到很晚，參觀的人都走了，小刺蝟還在那裏數錢，一副很高興的樣子。而亮眼龍卻傷心了一個晚上。

第二天早上，小刺蝟又對亮眼龍說：「你在家裏待着別亂跑，我出去一趟，很快就回來。」

亮眼龍

亮眼龍心裏想，他一定又是去請人來參觀我的眼睛了。

過了好久，小刺蝟高高興興地回來了。他大聲說：「亮眼龍啊，我請來了一位猩猩醫生給你治療眼睛！」

猩猩醫生很仔細地給亮眼龍看了眼

睛，往他的眼睛裏上了一種特別貴重的藥，再給他包上繃帶。「過幾天就好了。」猩猩醫生說。

幾天過去了，小刺蝟為亮眼龍解下了繃帶。「我能看見啦！我能看見啦！」亮眼龍大聲叫了起來，他是多麼高興啊。

現在，亮眼龍終於明白了：小刺蝟賺錢是為了給我治病啊！

從此以後，亮眼龍和小刺蝟成了最好的朋友。

大腳鴨救小雞

「回家囉，回家囉！」大腳鴨在回家的路上，不再啪嗒啪嗒走路，而是滑着滑板。他一路滑着，風吹在臉上，又清涼又舒服。

大腳鴨老遠就看見了家鄉的小山坡，感到很親切。就在大腳鴨看到的那個山坡上，雞媽媽正帶着小雞們在散步。

「孩子們，看，天上有朵粉紅色的

雲。」雞媽媽指着天說，「今天一定會有特別的事發生。」

小雞們都朝天上看，除了一隻長着灰色羽毛的小雞。因為他正在追一隻漂亮的蝴蝶。

「哈，我一定要捉到你。」小雞蹬着兩條小腿，緊緊地跟在蝴蝶後面。

蝴蝶飛得一會兒高，一會兒低，一會兒離小雞很近，一會兒又飛遠了，像是在跟小雞做遊戲。

「我就不信捉不到你！」小雞又氣又急。

蝴蝶飛啊飛，小雞追啊追。他已經離開雞媽媽很遠了。

「孩子，快回來！」雞媽媽發現少

了一隻小雞，趕緊朝他喊。小雞哪裏聽得見。他的腦子裏全都想着如何捉住蝴蝶。

糟了！小雞正跑向懸崖，雞媽媽急壞了，拚命地在後面追。「站住！危險！」雞媽媽大聲地喊。

遲了！小雞滑下山谷了。小雞一直往下掉，掉到了谷底。

「嘰——」小雞哭着喊，「媽媽——」

雞媽媽站在懸崖上往下喊：「孩子——」

所有的小雞都叫了起來：「救命啊，救命啊！」

就在這個時候，大腳鴨滑着滑板，

趕到了這裏。「出了什麼事？」大腳鴨問。

「我的孩子，」雞媽媽指着懸崖下面，哭着說，「他掉下去了！」

「我看看。」大腳鴨跑到懸崖邊一看，他嚇了一跳。

「天啊，這麼深呀！」光禿禿的峭壁，看上去陰森森的。

「谷底誰也下不去，誰也上不來，我的孩子肯定沒救了……」雞媽媽絕望地說。

大腳鴨看了看陡峭的懸崖，又看了看雞媽媽。「我一定把小雞救出來！」大腳鴨說。

雞媽媽說：「你如果跳下去，會摔死的。」

「我會有辦法的，因為我有我的大腳。」大腳鴨說着，把滑板放在地上，然後，向懸崖跳了下去。

一開始，大腳鴨飛快地往下掉，就像一塊石頭往下掉一樣。如果就這樣一直掉到下面，他肯定會摔死的。

　　但是，大腳鴨是從雜技團裏出來的，他當然有一些本事。只見他在空中忽然翻了一個身，把腳朝下翻成了頭朝下。

因為是腳朝上，他的大腳又大又薄又輕，遠看起來，就像拉着一把降落傘似的。現在，他掉下去的速度一下子慢了下來。

「哈，現在，我的大腳就成降落傘了。」大腳鴨很得意。

大腳鴨安全地降到了谷底，找到了可憐的小雞。

「小雞別哭，我來救你上去。」大腳鴨把小雞抱在了懷裏。

可是，這麼高的懸崖，怎麼上去呢？

當大腳鴨待在那裏想辦法的時候，小雞以為大腳鴨沒有辦法把他救上去，急得又開始哭起來。

最後，大腳鴨終於想到了一個辦法。

「來，你坐在我的背上。」大腳鴨對小雞說。小雞很聽話地爬了上去。

大腳鴨開始使勁地拍他的大腳，拍得非常用力。因為他的大腳板實在是太大了，拍着拍着，竟然像翅膀一樣讓大腳鴨飛了起來。

「哈！好過癮。」小雞坐在上面很開心，「大腳成了翅膀啦！」

大腳鴨拼命拍着大腳板，越升越高了。

世界上所有的鳥都是用翅膀飛的，只有大腳鴨，他可以用他的大腳板來飛。這真是一個奇跡。

終於回到了山頂上，大腳鴨累極了，倒在地上，一步也走不動了。

小雞撲向了雞媽媽，雞媽媽是多麼高興啊。

雞媽媽和小雞們，七手八腳把大腳鴨抬起來，放到他的滑板上，然後，大家一起慢慢推着滑板，往前滑行。雞媽媽和她的孩子們，要把大腳鴨送回家。

大腳鴨累得在滑板上睡着了，他做了一個非常美好的夢。

山大王和小小鳥

　　山大王是一個長着發亮的大眼睛和八顆尖牙齒的大怪物，專門吃小動物，山裏的小動物快被他吃光了。

　　這一年的冬天，山大王又背上他的皮彈弓，出門去打獵。他東看看，西看看，一隻小動物也沒找到。

　　池塘裏，只有一條孤零零的小小魚在游。小小魚是那麼小，還不夠山大王塞牙縫。「算了算了，就不吃他了吧。」

山大王説。

樹林裏，只有一隻孤零零的小小鳥。小小鳥是那麼小，還不夠山大王塞牙縫。「算了算了，就不吃他了吧。」山大王説。

山大王只好回到他的破屋子。當他把皮彈弓掛到牆上，肚子真是好餓啊。他從口袋裏摸出了半個乾得發硬的麵包。

山大王最不喜歡吃麵包，他慢慢地啃着，突然傷心地哭起來：「呸，呸！我多麼可憐，又餓，又冷，又孤獨……」

這時候，那隻小小鳥從窗戶的破洞裏飛了進來，和山大王靠在一起，一邊發抖一邊哭：「我也餓，我也冷，我也孤獨……」

山大王驚呆了：這隻小小鳥竟敢到我的家裏來，不怕我把他烤着吃了嗎？不過他沒有說出來。

　　山大王看看小小鳥，小小鳥看看山大王，他們一起哭了起來。

哭了好久，山大王對小小鳥說：「別哭啦，這些麵包屑給你吃吧。」

小小鳥說：「謝謝，謝謝！」

可是，小小鳥沒有吃，而是銜起一點麵包屑，飛了出去。

山大王想：「咦，這是怎麼回事？他幹嗎不在我的屋裏吃？」他悄悄地跟了出去。

山大王看到：小小鳥飛到池塘邊，把麵包屑投進水裏去。「原來，小小鳥是在餵小小魚呀！」山大王說。

小小鳥一次一次地銜來麵包屑餵小小魚，自己一點也沒吃。小小鳥想：池塘裏的小小魚比我更孤獨。

山大王跑回家，拿來了一個大盆，

把小小魚接進盆裏，邁開大步跑回家去。小小鳥在後面緊緊跟着。

到了家裏，山大王對小小鳥和小小魚說：「請你們在我的破屋裏，和我一起過冬天吧⋯⋯行嗎？」

山大王和小小鳥

小小鳥和小小魚説：「行。」

山大王高興得不得了。他先把屋子的破洞補好，再把爐火生得旺旺的，接着開始烤麵包。「從今以後，我要和小小鳥、小小魚一起吃麵包……」山大王想。

山裏的冷風嗚嗚地吹，可是山大王的屋子裏是很暖和的，烤麵包的香味正從那裏飄出來呢。

泡泡糖龍

有一天，從天梯上下來一隻龍。這隻龍剛下來，才在地上走了幾步，就一不小心摔了一跤，把腿上的一塊皮也摔破了。

這時候，南瓜村的小動物們正在天梯旁玩，看到龍摔跤，趕緊圍了上去。

那隻龍說：「沒事兒。我叫泡泡糖龍，摔破的地方我有辦法對付，只要吃一點泡泡糖就可以了。」

大家正在奇怪，泡泡糖怎麼可以治腿傷呢？只見泡泡糖龍在地上撿起一塊石頭，丟進嘴巴裏，咕喳咕喳嚼起來。嚼了半天，噗地從嘴裏吹出一個泡泡，然後，再把這個泡泡的皮，貼在了受傷的地方。「好啦。」泡泡糖龍説。

天哪，這個泡泡糖龍真是奇怪，竟然把石頭當泡泡糖吃。

「再見，」泡泡糖龍說，「我要到別的地方去玩玩。」

泡泡糖龍來到一個沒人的地方，撿了一塊大石頭，丟進嘴裏，咕喳咕喳嚼起來，嚼了半天，噗地從嘴裏吹出一個很大的泡泡。

泡泡糖龍把泡泡從嘴裏拿下來，放在路上。「我要看看，誰會上當，嘿嘿。」泡泡糖龍躲到了樹後面。

小兔子從路的那邊走來了。走到大泡泡旁邊時，她說：「咦，這個氣球是誰的？」

就在這個時候，大泡泡啪的一聲爆

炸了。炸開來的泡泡皮都粘到了小兔子的身上。小兔子趕緊往下扯泡泡皮，可是，這黏黏的泡泡皮越扯粘得越緊。到後來，小兔子被粘得動不了了。

這時候，小貓來了，趕緊救小兔子，幫她扯泡泡皮。可是，小貓一扯，自己也被粘住了。

最後，還是小猴子厲害，他端來了一盆水，把手沾濕了，再去扯泡泡皮，

這才慢慢把小兔子和小貓救下來。

小猴子說：「是誰那麼缺德，把泡泡糖吐在這裏！對了，一定是那個泡泡糖龍！我們找他去！」

這時候，泡泡糖龍在哪裏呢？原來，他到了小松鼠家的下面。看到小松鼠的

家在松樹上，泡泡糖龍又想到了一個頑皮的壞主意。他要讓小松鼠也被泡泡糖粘一下。

於是，泡泡糖龍又撿了一塊石頭，丟進嘴裏，咕喳咕喳嚼起來，嚼了半天，噗地吹出一個泡泡。泡泡糖龍向上一

吹，這個泡泡就往上飄去，正好卡在小松鼠家的門口，小松鼠聽到聲音一開門，正好被泡泡粘住。結果，小松鼠被粘得動也動不了了。

正在這個時候，小猴子他們都趕過來了，看到了這一切。泡泡糖龍就被抓住了。

小猴子說：「伙伴們，泡泡糖龍老是捉弄我們，我們怎麼辦？」

大家回答：「我們不理他！不理他！」

泡泡糖龍很難過：「那我只好回天上去了……」泡泡糖龍低着頭往天梯那裏走去。

忽然，有一個聲音在叫：「救命啊，救命啊——」泡泡糖龍跑過去一看，原來是小雞掉進池塘裏了！

泡泡糖龍想都沒有想，就跳進了池塘裏，他要去救小雞。

可是，泡泡糖龍是不會游泳的，小雞沒有救上來，他自己也要沉下去了。「救命啊，救命啊！」泡泡糖龍也叫起來。

小猴子他們趕緊來了。泡泡糖龍說：「快，給……我……吃泡泡……糖……」小猴子把一塊石頭扔進了泡泡糖龍的嘴裏。

泡泡糖龍嚼啊，嚼啊，接着，噗的一聲，吹出了一個很大的泡泡。他一把

抓住小雞，讓他隨着這個像氣球一樣的大泡泡，從水面上浮了起來。

泡泡糖龍和小雞都安全地回到了地面。

這時候，小猴子問大家：「泡泡糖龍救了我們的小雞，我們應該怎麼辦？」

大家說：「請他住下來，住下來！」

泡泡糖龍好高興啊，他是多麼想住在南瓜村呀。

螢火蟲和小麻雀

　　夏天的夜晚，住在草叢裏的螢火蟲，輕輕地飛了起來。她的肚子上亮着一盞小小的、淡綠色的燈。她一邊飛着，一邊在天空裏畫出一道道亮亮的線。

　　美麗的螢火蟲，真像一顆會飛的星星。她快樂地向小樹林飛。螢火蟲最喜歡用她的小燈在樹林裏東照照，西照照，發現很多秘密。

　　飛進小樹林，螢火蟲聽到了一種奇

怪的聲音。這麼晚了，誰還沒有睡覺呢？螢火蟲順着聲音找去。

原來，在一個土堆裏，有一隻小麻雀在扒土。小麻雀的臉上、身上都沾滿了泥，髒極了。他一邊扒開土，一邊低下頭去聽土裏的聲音，一副很專心的樣子。

螢火蟲問：「小麻雀，你在幹什麼呀？」

小麻雀說：「我在找蟲子吃。」

「現在這麼黑，你怎麼看得見呢？」

「我看不見，我生來眼睛就瞎了，不過，蟲子在哪裏，我會用耳朵聽出來。有時候，一個晚上我能找到三條蟲子呢！」

聽了麻雀的話，螢火蟲心裏很難過。她飛到小麻雀的眼睛旁，一照，啊，他的眼睛灰灰的、暗暗的，一點亮光也沒有。

小麻雀不扒土了，他把頭仰起來，對着天空，一動也不動，接着，輕輕地唱了起來：

星星，星星掉下來，

掉到我的眼睛裏⋯⋯

螢火蟲問：「這是什麼意思呀？」

小麻雀説：「媽媽説，要是我的眼

晴裏有了亮光，就能看得見了。我想，有時候星星不是會掉下來嗎？要是剛好掉到我的眼睛裏就好了。人們都說星星是很亮的……」

啊，小麻雀多想讓眼睛有亮光啊。

亮光？亮光？螢火蟲看着自己的肚子，那一閃一閃的綠光，顯得特別耀眼，特別美。

螢火蟲突然說：「小麻雀，把我的亮光給你吧！」

說完，還沒等小麻雀明白過來，螢火蟲就勇敢地在小麻雀的兩隻眼睛上一邊點了一下。兩簇小小的綠火從螢火蟲的肚子裏閃出來，跳進了小麻雀的眼睛裏。

小麻雀的眼睛裏有了亮光，能看見東西了。他第一眼看見的就是面前的螢火蟲。

　　「我能看見東西了。螢火蟲，謝謝你呀！」小麻雀高興地叫着，他的眼睛亮閃閃的，神氣極了。

螢火蟲看着小麻雀的亮眼睛笑，笑着，笑着，又哭了起來：「我……我不是螢火蟲了……」螢火蟲的肚子上，小綠燈已經滅了。沒有小綠燈的螢火蟲，還能叫螢火蟲嗎？小麻雀頓時不笑了。

突然，小麻雀叫了起來：「螢火蟲，有辦法了！你看天上的星星那麼亮，要是去碰一下星星，你的小綠燈一定會再亮的！」

這真是個好主意。

小麻雀背着螢火蟲，向一顆特別亮的綠星星飛去。

星星真遠啊！飛呀，飛呀，小麻雀飛得很累很累了。飛呀，飛呀，穿過一朵朵雲，終於飛到了綠星星的旁邊了。

一簇綠火從綠星星上閃出來，蹦到了螢火蟲的肚子上。

啊，螢火蟲的小綠燈，又亮了！

回來後，小麻雀累得倒在地上，一下子睡着了。

螢火蟲繞着小麻雀一圈圈地飛，她那淡淡的綠光，灑在小麻雀的身上，灑在小麻雀的夢裏，也灑在整個小樹林裏。

小麻雀在夢裏看見，螢火蟲的小綠燈，比星星還美，比月亮還美。

魔笛和蛤蟆

　　有一個怪物，他的名字叫夠夠。他雖然樣子長得怪，卻是個善良的怪物。他住在村子的最邊上，離黑森林不遠。

　　怪物也希望大家都瞧得起他，當然，能佩服他當然更好啦。夠夠一直在找這樣的機會。

　　有一天，當他在村子裏溜達的時候，正好看見村長在發愁：「唉，唉，到處都是蟲，莊稼都快被吃光了，唉，

唉，唉……」

「有蟲子怕什麼，」夠夠說，「叫青蛙來吃呀。」

村長說：「前幾天半夜裏，不知道哪裏來了幾個人，偷偷把我們村裏的青蛙都捉光啦！唉，唉，唉……」村長又開始歎氣。

「沒有青蛙，」夠夠說，「叫蛤蟆來也行啊。」

「叫蛤蟆來？」村長很奇怪，「你有本事叫蛤蟆到我們村裏來？」

「這點本事嘛，是有，不過，不過……」夠夠支支吾吾地説。

村長嚴肅地説：「我説夠夠，你是不是不願意叫？你就看着我們的莊稼被蟲子吃光？」

夠夠想了一會兒，最後一跺腳，説：「好，這個忙我幫了！」

説着，夠夠從口袋裏摸出一支亮閃閃的銀笛，這是一支魔笛。

夠夠吹起了魔笛。過了一會兒，無數隻蛤蟆出現了。不知道牠們是從哪兒來的，有的跳，有的爬，黑壓壓的一大片，牠們都圍着夠夠。

夠夠走到哪裏，蛤蟆就跟到哪裏。
夠夠一邊吹着魔笛，一邊往遭了蟲災的
莊稼地裏走。蛤蟆們不停地吃着蟲子，
牠們經過的地方，蟲子很快就被吃光
了。

　　一塊地裏的蟲子吃光了，夠夠就吹
着魔笛換一塊地。就這樣，用了一整天
的時間，村裏所有莊稼地裏的蟲子都被

吃光了。

　　村民們歡呼着，對夠夠真是佩服極了。村長高興地對夠夠說：「你看，吹吹魔笛就解決了蟲災，多麼簡單的事兒，可你剛才好像還不肯幫忙似的。」

　　夠夠傻乎乎地笑，又支支吾吾地說：「這個，這個⋯⋯」他好像有什麼秘密不想說出來。

夠夠回家去了，那些蛤蟆還是跟着他，黑壓壓的一大片。

　　這以後的好多天，夠夠沒有再到村裏來過。村長想：「也不知道夠夠怎麼樣了，我得去看看他。」

　　村長走進夠夠的家，就嚇了一跳，只見破草屋裏到處都是蛤蟆，牀上、桌子上、鍋子裏，全爬滿了蛤蟆。夠夠抱着頭，躺上牀上，一動也不敢動。

　　這是怎麼回事？夠夠可憐巴巴地說：「是這樣，我的魔笛一旦叫來了蛤蟆，蛤蟆就會一直跟着我，要過一個月牠們才會離開。我只有叫牠們來的本事，沒有叫牠們回去的本事……」

　　「那你這麼多天是怎麼過的？」村

長問。

　「我帶領牠們到有蟲子的地方到處轉，不能讓牠們餓着啊。我覺得我像個放羊的人，不過我放的是蛤蟆……」

　夠夠就是這樣一個好心眼的怪物，後來全村的人都非常喜歡他。

大拇指禽龍

「沙沙，沙沙……」早上，森林裏傳來奇怪的聲音。

「這是什麼聲音？」大家一起跑進森林裏看個究竟。

他們在森林裏找啊找，還是沒有找到。

忽然，大地震動起來。小猴着急地說：「不好，一定是霸王龍來了！」

一隻巨大的霸王龍擋住了他們的

去路。

「快逃呀！」小動物們拼命跑起來。啊，霸王龍已經越追越近了！

他們只顧逃命，卻一頭撞上了另一隻恐龍。

這隻恐龍看上去和霸王龍差不多大，似乎也很兇。不過，這隻恐龍好奇怪，正在一塊大石頭上磨自己的大拇指。

小動物們嚇壞了，剛才的危險還沒逃脫，現在又遇到了新的危險。

　　「請別傷害我們……」小動物們可憐地說。那恐龍笑起來：「別怕，我是食草的禽龍，你們躲在我身後吧。」

　　三隻小動物將信將疑地躲到了禽龍的身後。

　　大地震動得更厲害了。小猴說：「霸王龍已經很近了，我們還是快逃吧！」

　　禽龍一點也不害怕，他一下一下地磨着拇指，他的拇指已經磨得又尖又亮了。

　　霸王龍出現了。他兇巴巴地說：「禽龍，把小動物們交出來！」

　　禽龍豎起了又尖又亮的大拇指，說：
「哼，你得問問我的大拇指同意不同
意！」

　　霸王龍撲了上來，和禽龍打作一團。

　　沒幾下，霸王龍的腿上就被禽龍的
大拇指扎出血了。

　　霸王龍嚇壞了：「天哪，他的大拇
指比我的牙齒還厲害……好漢不吃眼前

虧，還是快逃吧！」

小動物們看着禽龍的大拇指佩服地說：「原來，我們聽到的聲音是你在磨大拇指呀。」

禽龍得意地說：「是的，大拇指是我的武器。不過，我還可以用它做別的事呢！」

禽龍找到一棵枯樹，只揮了幾下大拇指，就把樹砍倒了。

禽龍說：「以後，你們跟我在一起，遇到什麼兇猛的恐龍都不用怕了。」

大家和禽龍成了好朋友，他們請禽龍去做客。

禽龍看到小兔家的新房子，說：「哈，我還可以幫你把新房子打扮得更

漂亮呢！」他用大拇指在房子的牆上刻出了好多圖案。這下，新房子看上去更漂亮了。

大家都佩服地說：「禽龍你還是位藝術家呢！」

小貓好奇地問：「禽龍，你就一輩子豎着大拇指呀？」

禽龍點點頭，說：「那當然了，這意思是說，我禽龍是最棒的。哈哈！」

冰波心靈成長童話集 1

山大王和小小鳥

作　　者：冰波
插　　圖：雨青工作室
責任編輯：陳友娣
美術設計：陳雅琳
出　　版：新雅文化事業有限公司
　　　　　香港英皇道499號北角工業大廈18樓
　　　　　電話：(852) 2138 7998
　　　　　傳真：(852) 2597 4003
　　　　　網址：http://www.sunya.com.hk
　　　　　電郵：marketing@sunya.com.hk
發　　行：香港聯合書刊物流有限公司
　　　　　香港荃灣德士古道220-248號荃灣工業中心16樓
　　　　　電話：(852) 2150 2100
　　　　　傳真：(852) 2407 3062
　　　　　電郵：info@suplogistics.com.hk
印　　刷：中華商務彩色印刷有限公司
　　　　　香港新界大埔汀麗路36號
版　　次：二〇二一年一月初版
　　　　　二〇二三年七月第二次印刷

ISBN: 978-962-08-7662-2
© 2021 Sun Ya Publications (HK) Ltd.
18/F, North Point Industrial Building, 499 King's Road, Hong Kong
Published in Hong Kong SAR, China
Printed in China